AF460886

1869. 16 Février

CATALOGUE

DE

LIVRES

RARES ET PRÉCIEUX

LIVRES A FIGURES

LA PLUPART RELIÉS EN MAROQUIN

PARMI LESQUELS ON REMARQUE

Les Évangiles de Curmer, l'Europe illustre, Contes de La Fontaine des Fermiers généraux, Métamorphoses d'Ovide Figures de Lemire et Basan, Molière Elzevir, 1675, Les Heures Notre-Dame de Gringore, Dante des Alde, reliure ancienne à compartiments genre Grolier, Un Manuscrit sur parchemin, du XVIe siècle, relatif à l'Auvergne, etc.

DONT LA VENTE AURA LIEU

HOTEL DES VENTES, RUE DROUOT

SALLE N° 7, AU PREMIER ÉTAGE

Le Mardi 16 Février 1869

A DEUX HEURES TRÈS-PRÉCISES

Me **DELBERGUE-CORMONT,** Commissaire-Priseur, rue de Provence, 8.

EXPOSITION

Le Jour de la Vente, de une heure à deux heures

PARIS
ADOLPHE LABITTE, LIBRAIRE
5, QUAI MALAQUAIS, 5

1869

A LA MÊME LIBRAIRIE

SOUS PRESSE :

CATALOGUE DES LIVRES

DE

Feu M. VAILLANT DE MEIXMORON

3,254 Numéros

Vente le 1er Avril 1869

RENOU ET MAULDE. 21328

CATALOGUE

DE

LIVRES

RARES ET PRÉCIEUX

LIVRES A FIGURES

LA PLUPART RELIÉS EN MAROQUIN

PARMI LESQUELS ON REMARQUE

Les Évangiles de Curmer, l'Europe illustré, Contes de La Fontaine des Fermiers généraux, Métamorphoses d'Ovide Figures de Lemire et Basan, Molière Elzevir, 1675, Les Heures Notre-Dame de Gringore, Dante des Alde, reliure ancienne à compartiments genre Grolier, Un Manuscrit sur parchemin, du XVIe siècle, relatif à l'Auvergne, etc.

DONT LA VENTE AURA LIEU

HOTEL DES VENTES, RUE DROUOT

SALLE N° 7, AU PREMIER ÉTAGE

Le Mardi 16 Février 1869

A DEUX HEURES TRÈS-PRÉCISES

Me **DELBERGUE-CORMONT**, Commissaire-Priseur,
rue de Provence, 8.

EXPOSITION

Le Jour de la Vente, de une heure à deux heures

PARIS
ADOLPHE LABITTE, LIBRAIRE
5, QUAI MALAQUAIS, 5

1869

CONDITIONS DE LA VENTE

Elle sera faite au comptant.

Les Acquéreurs paieront CINQ POUR CENT en sus du prix d'adjudication.

ORDRE DE LA VENTE

Nos	97 à 127
Nos	1 à 96

CATALOGUE

1. **La Sainte Bible.** Traduite sur le latin de la vulgate, par Lemaistre de Sacy et Lallemant, accompagnée de nombreuses notes explicatives, par l'abbé Delaunay. *Paris, Curmer*. 1860. 5 vol. in-4° br. ; et *album de 60 magnifiques grav. en taille douce.*

2. **LES ÉVANGILES.** *Paris, Curmer* 1864. 2 vol. in-4°, contenant un grand nombre de miniatures or et couleurs, reproduites par la Chromo-Lithographie. Très-belle reliure en maroquin du Levant brun, à l'imitation des reliures du 16e siècle.

Exemplaire de souscription de ce magnifique ouvrage.

3. **LES PNTES HEURES** sont a lusaige de Rome tout au long sans riens requerir. Auec les figures de la destruction de Hierusale. *Nouuellement imprimées a Paris pour Germain Hardouyn libraire.* (Calendrier de 1518 a 1525) 1 vol. in-8° maroq. vert fil. d. s. t. (*rel. anc.*).

Imprimé sur vélin. Chaque page est entourée d'une bordure peinte en or et couleurs; le volume renferme en outre 15 *grandes miniatures et* 16 *petites.*

4. **Livre** d'heures; d'après les manuscrits de la Bibliothèque impériale. *Paris, Engelmann et Graf.* 1846. *Joli volume imprimé en or et couleurs; relié en maroquin du Levant brun, doublé en moire; grands fermoirs niellés en argent massif; dans un écrin. Ouvrage épuisé depuis longtemps.*

5. **Sermons** de S. Augustin sur les pseaumes traduits en françois. *Paris J. Barois* 1739. 14 volumes in-8° maroquin bleu. D. s. t. Rel. Janseniste *aux armes de Mesdames de France.*

6. Delle confessioni di sant Aurelio Agostino. *Venezia* 1760. 1 vol. in-4° maroq. rouge, riches dorures a petits fers d. s. t. (*reliure ancienne*).

7. De imitatione Christi Libri quatuor. *Impressum Parisiis, cura E. Tross* 1858 1 vol. in-64. maroquin du Levant rouge doublé de maroquin bleu, d. s. t. avec compartimens à petits fers.

Exemplaire tiré sur papier de Chine.

8. Le Traicté de exemplaire pénitence. *On les vend a Paris en la rue Sainct Jaques a lenseigne du pelican en la boutique de Ambroise Girault.* 1 v. in 8° maroquin du Levant Lavallière, coins et milieu d. s. t. *Imp. en gothique, rel. de Capé.*

9. Introduction à la vie Dévote par St François de Sales. *Paris Curmer* 1858 2 vol. grand in-8° maroq. noir du Lev., fil. a froid d. s. t.

Magnifique édition dont toutes les pages sont encadrées de bordures au trait d'après les meilleurs modèles. Cet exemplaire a appartenu au célèbre prédicateur le R. P. Félix, dont le nom se trouve sur un feuillet au commencement du tome Ier.

10. La corona caduta overo Giesu nel Sepolcro.... da A. M. Bonucci. *Roma* 1704 1 v. in 4° maroq. rouge compartiments de petits fers. (*riche reliure ancienne*).

Exemplaire de dédicace aux armes du pape Clément XI.

11. Saggio d'instruzione teologica per uso di convitto ecclesiastico dedicato alla santita di N. S. Papa Pio VI. *Roma*, 1776, 2 parties en 1 vol. in-4° maroq. rouge dentelle et compartiments en or et couleurs. d. s. t.

Curieuse reliure aux armes d'un souverain italien.

12. Geoffroy tory. L'histoire ecclésiastique translatée de latin en françois par Claude de Seyssel... imprimée par le commandement du Roy. *On les vend à Paris... à l'enseigne du pot cassé par maistre Geoffroy Tory de Bourges.* 1532. 1 vol. in f° reliure en veau raccommodée ; (le volume est mouillé et taché, notes et soulignures à

l'encre). la marque du pot cassé se trouve sur le titre et à la fin.

Bien conforme à la description donnée par M. Bernard.

Le papier sur lequel ce livre est imprimé porte dans le filigrane la couronne de France et les lettres F.M. dans un écusson.

13. Seyssel (Claude de). L'histoire ecclésiastiqve d'Evsebe svrnommé Pamphile, évesqve de Cesarée. *Lyon, Benoist Rigaud*, 1781. 1 vol. in-16, dos et coins maroquin brun du Levant.

14. Histoire des Papes, crimes, meurtres, empoisonnements, etc. *Paris* 1842. 10 tomes en 5 vol. grand in-8°. 1[2 rel. chagrin violet; le papier a quelques piqures d'humidité.

Exemplaire bien complet avec les figures noires et coloriées.

15. Hélyot (Le P.). Histoire des ordres monastiques, religieux et militaires, et des congrégations séculières de l'un et de l'autre sexe, qui ont esté establies jusqu'à présent (par le P. Hélyot). *Paris*, 1714-19. 8 vol. in-4° veau; *quantité de planches en taille douce.*

Bon exempl. de la meilleure édition.

16. Histoire du clergé séculier et régulier, des congrégations de chanoines et de clercs, et des ordres religieux de l'un et de l'autre sexe qui ont été establis jusques a présent. *Amst. Brunel* 1716. 4 vol. in-8° maroq. brun. du Lev., tr. peigne.

Grand nombre de planches gr. en taille-douce.

17. Les Institvtions forenses, ov practicque ivdiciaire de M. Jean Imbert, lieutenant criminel au siège royal de Fontenay-le-Comte. *Paris, G. Buon*, 1571. 1 vol. in-16 dos et coins maroq. rouge du Levant.

18. Le miroüer exemplaire et très fructueuse instruction selon la copillation de Gilles de Rôme tres excellent docteur, du regime et gouuernement des Roys princes et grandz seigneurs..... Et auec ce est comprins le secret Daristote appelle secret des secretz enuoye au roy

Alexandre. (a la fin). *Cy fine le mirouer exemplaire imprime a Paris pour Guillaume Eustace l'an mil cinq cens et dix sept.* 1 vol. in-fol. basane. *Imprimé en gothique, fig. sur bois et lettres ornées, légéres mouillures.*

Bel exempl. de ce livre rare.

19. MONTAIGNE. Livre des Essais de Michel Seignevr de Montaigne, diuisé en deux parties. *A Lyon, povr Gabriel La Grange, libraire Davignon,* 1593. 1 vol. in-8, chag. vert. *vn léger raccommodage en bas de la marge des 2 premiers feuillets, qq. mouillures, grandes marges.*

20. CHROA-GENESIE ou génération des couleurs, contre le système de Newton par M. Gautier. *Paris*, 1750. 2 vol. in-12 maroquin rouge filets d. s. t. aux armes de Stanislas Leczynski, roi de Pologne. *Bel ex.*

21. Le Jardin des Plantes, description complète, historique et pittoresque du museum d'histoire naturelle, de la ménagerie, des serres, etc., par Bernard, Couailhac, Gervais et Lemaout. *Paris, Curmer*, 1842. 2 vol. grand in-8, 1[2 chag. rouge, plats en toile, d. s. t.; *fig. dans le texte, portraits et planches noires et coloriées hors texte, bel exempl.*

22. HISTOIRE NATURELLE des oiseaux, ornée de 306 estampes, qui les représentent parfaitement au naturel, dessinées et gravées par El. Albin ; et augmentée de notes et de remarques curieuses par W. Derham. *La Haye, P. de Hondt*, 1750. 3 vol. in-4°, maroq. rouge fil. d. s. t. (*rel. ancienne*).

306 pl. très-soigneusement coloriées au pinceau.

23. REDOUTÉ. Les roses, peintes par Redouté; décrites par C. A. Thorry. *Paris, Pankoucke*, 1824. 1 vol. grand in-8°, d.-rel., mar. r. tête dorée n. rog.

Les cent soixante planches imprimées en couleur et retouchées au pinceau de ce volume ont été publiées en 40 livraisons à 3 fr. 50 c.

24. GVALTHER H. RYFF. Description anatomique de tovtes les parties dv corps humain, exprimant au vif tous les membres, rédigée en tables par maistre Gualther H.

Ryff médecin de Strasbourg, devant laqvelle sont remises aulcunes reigles de Phlébotomie. *Paris*, *Chrestien Wechel*, 1543. In-f°, dos et coins mar. du Levant, brun belles et curieuses figures sur bois.

25. **Blondel.** Cours d'architecture, ou traité de la décoration, distribution et construction des bâtiments, par J. F. Blondel. *Paris*, 1771-77. 9 vol. in-8 rel., *dont 3 vol. de planches.*

Le 3e vol. des figures contient une grande quantité de planches de décoration intérieure : cheminées, grilles, plafonds, ornements, etc.

26. **D'Aviler.** Cours d'Architecture, par d'Aviler. *Paris*, *Jombert*, 1760. 1 vol. in-4° veau.

Nombreuses planches de décoration intérieure de l'époque Louis XV.

27. **Monographie** de la cathédrale de Chartres, par MM. Lassus et Amaury-Duval. *Paris, imp. royale*, 1842 et ann. suivantes. 9 livraisons grand in-fol.; *planches en chromo-lith.*

Très-bel ouvrage publié par ordre du gouvernement.

28. **Descamps.** La Vie des peintres flamands, allemands et hollandais, par Descamps. *Paris Jombert* 1753. 4 vol. in-8° bas. — Voyage pittoresque de la Flandre et du Brabant, par le même. *Paris*, *Desaint* 1769. 1 vol. in-8, veau, fig. En tout, 5 vol. in-8.

168 portraits dont 101 gravés par Fiquet, bonnes épreuves.

29. **Abrégé** de la vie des plus fameux peintres, avec les indications de leurs principaux ouvrages, et la manière de connaitre les desseins et les tableaux des grands maîtres, par M. Dargenville. *Paris*, *de Bure*, 1762. 4 vol. in-8° veau; *armoiries*, *légers racc. à 2 feuillets*, *et qq. taches.*

Grande quantité de portraits gravés en taille-douce, bonnes épreuves.

30. **Galerie** des Artistes, ou portraits des hommes célèbres dans la peinture, la sculpture, la gravure et la musique, pendant les trois siècles de la renaissance. 52 gravures par différents maîtres : Audran, Clouet,

Depuis, Fiquet, Lefèvre, Mellan, Schmidt, Tardieu, Will, etc. *Paris*, 1836. 1 vol. grand in-8° Jésus. 1/2 chag. vert non rogné.

31. **Musée** de peinture et de sculpture, ou recueil des principaux tableaux, statues et bas-reliefs, dessinés et gravés à l'eau-forte, par Réveil. *Paris*, 1828; 16 vol. in-12, d.-chagrin rouge, non rognés.

Collection contenant une quantité considérable de figures.

32. Tableaux du cabinet de M. Poullain, par F. Basan. *Paris*, S. D., 1 vol. in-4, d.-rel.

Collection de 120 estampes publiée en 1781. *Le texte est ancien, mais les figures sont réimprimées sur papier fort.*

33. **Album** composé de plus de *cent* dessins à la plume, au lavis, au crayon, aquarelles, etc., anciens et modernes. 1 vol. in-fol., maroq. violet.

Très-intéressante collection.

34. **Lanté.** Recueil de 47 costumes parisiens. 1 vol. petit in-fol., dos et coins maroquin du Levant, rouge, tête dorée, fig. coloriées.

35. **Lanté.** Costumes des femmes de Hambourg, du Tyrol, de la Hollande, de la Suisse, de la Franconie, de l'Espagne, du royaume de Naples, etc., avec une explication pour chaque planche. *Paris*, 1827; 1 vol. petit *in-fol.*, dos et coins de maroquin du Levant, rouge, tête dorée.

105 planches coloriées numérotées de 1 à 100; les 51, 52, 53, 58 et 66 doubles.

36. **Views** of the seats of noblemen and gentlemen, in England, Wales, Scotland, and Ireland, from drawings by J. P. *Neale. London*, 1818; 6 vol. in-8, maroq. vert d'eau, fil. d. s. t.

Très-bel ouvrage contenant 432 très-belles vignettes sur acier.

37. **Delle allusioni**, imprese et emblemi del sig. principio Fabricii da Teramo, sopra la vita, opere et attioni

di Gregorio XIII, *Roma, Bart. Grassi*, 1588; in-4, riche reliure à compartiments or et argent.

Ce volume fort rare est orné de 255 planches gravées à l'eau-forte par *Natal Bonifacio da Sib.* La reliure, fort curieuse, ne paraît pas avoir été exécutée pour ce livre. Les épreuves des gravures sont magnifiques.

38. SYLVESTRE. Alphabet-Album. Collection de 60 feuilles d'alphabets historiés et fleuronnés, tirés des principales bibliothèques de l'Europe ou composés par Sylvestre. *Paris*, 1843; 1 vol. in-fol., d.-rel. chag. vert.

39. Lexique roman, ou Dictionnaire de la langue des troubadours, comparée avec les autres langues de l'Europe latine, par M. Raynouard. *Paris, Silvestre*, 1844; 6 vol. gr. in-8, br.

40. HENRI ESTIENNE. Proiect du livre intitulé de la précellence du langage français, par Henri Estienne. *Paris, Mamert Patisson*, 1579. 1 vol. in-8, dos et coins chag. du Levant, rouge. *Bel exemplaire.*

41. VIRGILII maronis opera nunc emendatoria. *Lugd. Batavor. ex officina Elzeviriana*, 1636; 1 vol. petit in-12, maroq. vert, filets tr. dor. (rel. ancienne). Hauteur, 128 mill.

Bonne édition sous cette date.

42. **Œuvres de Virgile,** traduites en français, le texte vis-à-vis la traduction, avec des remarques, par l'abbé Des Fontaines. *Paris, Plassan*, an IV, 4 vol. in-8, veau écaille, fil. d. s. t. *Figures de Moreau.*

43. **Scarron.** Le Virgile en vers burlesques. *Suivant la copie imprimée à Paris*, 1668, *au Quærendo* (Hollande Elzevier). 2 vol. petit in-12, maroq. du Levant, rouge, dentelle intérieure, rel. janseniste.

44. **Quinti Horatii Flacci**, opera. *Londini, J. Pine*, 1733; 2 vol. gr. in-8, maroq. rouge, fil. d. s. t. (reliure ancienne).

Cet ouvrage est entièrement gravé; il est orné d'une grande quantité de figures. *Très-bel exempl.* du second tirage.

45. LES MÉTAMORPHOSES D'OVIDE, en latin et en françois, de la traduction de M. l'abbé Banier, avec des explications historiques. *Paris*, *Delalain*, 1767-71; 4 vol. in-4, veau rac., fil. *Un nom écrit sur quelques feuillets.*

Exemplaire très-grand de marges de la bonne édition de ce livre. Les planches gravées sous la direction de Lemire et Basan sont très-bonnes d'épreuves.

46. JULII CÆSARIS SCALIGERI viri clarissimi poemata in duos partes divisa. *Anno 1574 ;* 1 vol. in-8, maroq. olive, filets.

Aux armes de De Thou. Bien conservé.

47. **Les Poètes françois** depuis le XIIe siècle jusqu'à Malherbe, avec une notice hist. et litt. sur chaque poète. *Paris*, *Crapelet*, 1824; 6 vol. in-8, br., pap. vergé.

48. LES POÉSIES du roy de Navarre, avec des notes et un glossaire françois, précédées de l'hist. des révol. de la langue françoise, etc. (par Levesque de la Ravallière). *Paris*, *Guérin*, 1742; 2 vol. petit in-8, dos et coins chag. du Levant, rouge poli. tr. peigne. *Figures*.

49. CY EST LE ROMMANT DE LA ROSE :

Ou tout l'art damour est enclose
Histoires et auctoritez
Et maintz beaulx propos vsitez
Qui a esté nouvellement
Corrigé suffisantement.
Et cotte bien a lavantaige
Com on voit en chascune page.

On les vend à Paris, *en la rue Saint-Jacques*, *en la boutique de Jehan Petit,* etc., 1531; 1 vol. in-fol., gothique, dos et coins maroq. du Levant, rouge, figures sur bois.

L'encre rouge du titre a pâli ; plusieurs feuillets plus courts et le dernier feuillet raccommodé.

50. LE ROMMANT DE LA ROSE, nouvellement reveu et corrige oultre les précédentes impressions. *On les vend à Paris*, *en la rue Saint-Jacqs*, *à l'enseigne de la Fleur de Lys*, 1538; 1 vol. in-8, maroq. rouge, fil. d. s. t., rel. de Niédrée; imprimé en caractères gothiques. *Le titre a été habilement reproduit par M. Pilinsky.*

51. LE ROMAN DE LA ROSE, par G. de Lorris et Jean de Meung, dit Clopinet, avec dissertation, variantes et glossaire, *Paris*, an VII, 5 vol. in-8, bas. marb. non rog. *Portraits et figures.*

Exempl. en papier de Hollande.

52. Cent cinq Rondeaux d'amour, publiés par E. Tross. Charmant volume imprimé à *Lyon, par Perrin, en* 1863; 1 vol. in-8, dos et coins en maroq. du Levant, bleu, tête dorée, non rogné. *Épuisé.*

53. GRINGORE. Heures de Nostre-Dame, translatées de latin et mises en rhime, additionnées de plusieurs chantz royaux figurez et moralisés..., et de plusieurs belles oraisons et rondeaulx composés par *Pierre Gringore*, dict Vaudemont, hérault d'armes des ducs de Lorraine, etc. *On les vend à Paris, en la rue Sainct-Jacques, en la maison de Pierre Regnault, à l'enseigne des Trois Couronnes.* 1 vol. petit in-8, imprimé en rouge et noir; nombreuses fig. sur bois, rel. en velours. *Taches et écriture sur plusieurs feuillets.*

54. SENSUIT le labyrith de fortune et séjour des trois nobles dames, composé par l'acteur des Regnards traversans et Loups ravissans, innomé le traverseur des voyes périlleuses (J. Bouchet). *On les vend à Paris, en la grande rue Saint-Jacques, à l'enseigne de la Rose blanche couronnée.* Le dernier feuillet contient la marque de Michel Lenoir. 1 vol. in-4, veau (*aux armes de M*[me] *de Pompadour*).

Un feuillet a une déchirure, et plusieurs autres sont mouillés, quoique les marges soient courtes, il y a des témoins; piq. de vers.

55. RONSARD. Les quatre premiers livres de la Franciade au roy très-chrestien Charles neuvième de ce nom. *Paris, Gabriel Buon*, 1572. 1 v. in-4, maroq. du Levant, rouge, d. s. t. (*Rel. de Hardy*). *Édition originale.*

56. RONSARD. Œuvres de Pierre de Ronsard, gentilhomme vendosmois, prince des poetes françois, revueues et augmentées, et illustrées de commentaires et remarques.

Paris, Mich. Buon, 1623; 2 vol. in-fol, dos et coins maroquin du Levant, brun, titre gravé et onze portraits. Grandes et belles marges. (3 feuillets mal pliés ont été redressés.) Un titre réparé.

57. Baïf. Quatre livres de l'amour de Francine. *Lyon, S. D.* 1 vol. in-16, d.-rel., maroq. brun.

Titre sali et très-raccommodé, livre mouillé.

58. Lafontaine. Fables choisies, mises en vers par J. de Lafontaine. Édition gravée en taille douce par Fessard. *Paris*, 1765; 6 vol. in-8, dos et coins maroq. du Levant, bleu, d. s. t.

59. Fables de Lafontaine, avec figures gravées par Simon et Coiny. *Paris, Bossange, an IV*; 4 vol. in-8, veau racine, fil. d. s. t.

Exempl. en *papier vélin*, 276 fig. en taille-douce, bonnes épreuves.

60. LAFONTAINE. Contes de Lafontaine. Amsterdam, 1762; 2 vol. in-8, maroq. du Levant, rouge, d. s. t.

Édition dite des fermiers généraux, quelques petites taches et racc. La gravure du cas de conscience est double, couverte et découverte

61. Dorat. Fables nouvelles. *Paris*, 1773; 2 vol. in-8, br., ébarbé.

Plus de 200 charmantes vignettes d'Eisen, bonnes épreuves.

62. Dorat. Les Baisers, précédés du mois de mai. *La Haye*, 1770; 1 vol. in-8°, dos et coins maroquin bleu, *non rogné*. Jolies vignettes d'Eisen.

63. Les Jardins, ou l'art d'embellir les paysages, poème par l'abbé Delille. *Paris, Didot l'aîné*, 1782; 1 vol. in-4°, pap. vél. mar. vert, dent. d. s.tr., dos de mosaïque.

64. DANTE col sito e forma del l'inferno tratta dalla istessa descrittione del poeta. *Impresso in Venegia nelle case d'Aldo et Andrea di Asola suo socero nell' anno* M.D.XV.; 1 vol. in-8°, maroquin, *riches compartiments avec mosaïque de couleur, genre Grolier. Reliure bien conservée, sans aucune restauration.*

65. L'Enfer de Dante Alighieri, avec les dessins de Gustave Doré, traduction française de Pier Ange Fiorentino.

Paris, *Hachette*, 1861; 1 vol. gr. in-fol., d.-rel. chagrin du Levant, rouge; non rogné.

66. THOMPSON. The Seasons. *London*, 1811; 1 vol. in-8°, mar. bl., dent. d. s. tr. Jolies vignettes.

67. MONLÉON. L'Amphytrite. *Paris*, *M. Guillemot*, 1630; 1 vol. in-8°, dos et coins en maroquin du Levant, r.

68. ŒUVRES DE MONSIEUR MOLIÈRE. *Amsterdam*, *Jaques le jeune*, MDCLXXV. — 5 vol. pet. in-12, à la sphère. — Œuvres posthumes de M. Molière. *Amsterdam, Jaques le jeune*, MDCLXXXIV; en tout 6 vol. in-12, mar. du Levant rouge, rel. Janséniste, doublé de mar. bl. avec une très-large dent. à petits fers, rel. de Belz-Niédrée, hauteur, 130 mill.

T. Ier L'Estourdy, 1674. — Le Dépit, 1674. — Les Précieuses, 1674. — Sganarelle, 1675. — Les Fascheux, 1674. — **T. IIe** Le Festin, 1674. — L'Escole des Maris, 1674. — L'Escole des Femmes, 1674. — Critique, 1674. — Princesse d'Elide, 1674. — **T. IIIe** L'Amour médecin, 1675. — Misanthrope, 1674. — Médecin malgré lui, 1674. — Sicilien, 1675. — Amphitrion, 1675. — Mariage forcé, 1674. — Georges Dandin, 1669. — **T. IVe** L'Avare, 1674. — Tartufe, 1674. — Pourceaugnac, 1674. — Le Bourgeois, 1674. — **T. Ve** Fourberies, 1675. — Psyché, 1675. — Les Femmes sçavantes, 1674. — Le Malade, 1673. — L'Ombre de Molière, 1674. — **T. VIe**. Œuvres posthumes. — Amans magnifiques, 1684. — Comtesse d'Escarbagnas, 1684, — L'Impromptu, 1684. — Don Garcie, 1684. — Mélicerte, 1684.

On a ajouté à cet exemplaire la charmante suite de figures gravée par Punt en 1738.

Plusieurs feuillets n'ont pas été atteints par le relieur.

69. MOLIÈRE. Les Plaisirs de l'isle enchantée, course de bague, collation ornée de machines; comédie royale meslée de danse et de musique, etc. *Paris, Imp. royale*, 1676 (le titre porte 1683, mais le verso de la page 91 indique bien 1676). — Les divertissements de Versailles donnés par le roy à toute sa cour, au retour de la conqueste de la Franche-Comté, en l'année 1676. *Paris, Imp. royale*, 1676; 2 t. en 1 vol. in-fol. v. (Le premier contient 9 grandes planches doubles, par Israël Sylvestre, et le second, 6 grandes planches de Lepaultre. Belles ép.).

70. MOLIÈRE. Œuvres complètes précédées de sa vie, par Voltaire. *Paris, Furne,* 1860; 2 vol. gr. in-8°, chag. violet, plats en toile, d. sur tr. *Portrait, fig. de Nargeot*

71. TITON ET L'AURORE, pastorale héroïque mise en musique par Mondonville. *Paris,* 1753; 1 vol. in-fol., mar. r., fil d. s. tr., rel. anc., *texte entièrement gravé.*

Très-bel exemplaire aux armes d'une famille alliée à la maison de France.

72 DELAVIGNE. Œuvres de Casimir Delavigne, nouvelle édition. *Paris, Furne,* 1833; 8 vol. gr. in-8°, d.-rel. chag. violet à nerfs, n. rog. Jolies vignettes.

73. LONGUS. Amours pastorales de Daphnis et Chloé, 1745. Figures du Régent, gravées par Audran; 1 vol. in-8°, dos et coins chag. du Levant, rouge, d. s. tr. *Un cachet sur le titre.*

74. RABELAIS. Les Œuvres de maistre François Rabelais, s. l., 1626; 1 gros vol. in-8, dos et coins mar. duLevant poli, r., tr. peigne. *Le bas de la marge du titre racc.*

75. RABELAIS. Œuvres de maître François Rabelais, avec des remarques historiques et critiques de M. Le Duchat. *Amsterdam, J. Fréd. Bernard,* 1741; 3 vol. in-4°, v. porphyre, fil. *Une tache sur le titre du premier volume.*

Très-belles épreuves des planches gravées par B. Picart.

76. BÉROALDE DE VERVILLE. Le Moyen de parvenir, œuvre contenant la raison de tout ce qui a esté, est et sera. *Imprimé cette année.* 1 vol. pet. in-12 mar. du Levant r., fil. d. s. tr.

Édition de 439 pages qui se joint à la collection des Elzevirs.

77. SCARRON. Le Romant comique de monsieur Scarron. *Suivant la copie imprimée à Paris,* 1678-1680, *au Quærendo* (Hollande, Elzévir); 3 parties en 1 vol. pet. in-12, mar. du Levant r., dent., rel. janséniste.

78. FÉNELON. Les Aventures de Télémaque, fils d'Ulysse, par M. de Fénelon. *Dijon, P. Causse,* 1791; 2 vol. in-8°, mar. r., fil d. s. tr., *ex. en papier vélin.*

79. Le Bachelier de Salamanque, ou les mémoires de D. Cherubin de la Ronda, tirés d'un manuscrit espagnol, par M. le Sage. *La Haye, Gosse,* 1738; 2 vol. in-12, dos et coins chag. du Levant, vert, poli, tr. peigne. *Fig. en taille-douce, un nom sur les titres.*

80. Suite des Mémoires et Aventures d'un homme de qualité qui s'est retiré du monde, par l'abbé Prévost. (Première éd. de l'histoire de Manon Lescaut et du chevalier des Grieux.) *Amsterdam,* 1733; 1 vol. in-12, chag. du Levant, rouge, filets d. s. tr. Bel ex.

81. Voltaire. Romans et Contes. *Bouillon,* 1778; 3 vol. in-8°, mar. du Levant, rouge, filets d. s. tr. Charmantes figures de Monnet.

82. Voltaire. Romans et Contes, *Bouillon,* 1776. Jolies fig. de Monnet. 3 vol. in-8°, mar. du Levant, rouge, comp. d. s. tr., grand et bel ex.

3 feuillets qui avaient été mal pliés sont un peu moins larges.

83. Tarsis et Zélie. *Paris, Musier,* 1774; 3 vol. in-8°, v. fauv.; fil. d. s. tr. *Charmantes figures d'Eisen en très-belles épreuves; légères mouillures à un volume.*

84. ZÉLIS et ZÉLIDE, histoire allégorique en forme d'églogue; 1 vol. in-8°, mar. r., compart. à petits fers, d. s. tr. (*Jolie reliure de Pasdeloup.*)

Joli manuscrit original, contenant six charmants dessins lavés à l'encre de Chine, signés Dussy.

85. Restif de la Bretonne. Le Pied de Fanchette, ou l'orpheline française, par Rétif de la Bretonne. *Paris,* 1769; 3 part. en 1 vol. in-12, dos et coins chag. du Levant r., tr. peigne. *Quelques taches.*

Édition originale avec les titres en rouge.

86. Restif de la Bretonne. La Prévention nationale, action adaptée à la scène, avec deux variantes et les faits qui lui servent de base. *Paris, Regnault,* 1784; 3 vol. in-8°, dos et coins mar. du Levant, rouge. *Très jolies figures en taille-douce; l'une d'elles un peu rognée.*

87. Restif de la Bretonne. La Paysanne pervertie ou les dangers de la ville, histoire d'Ursule R***, par Rétif de la Bretonne, avec 114 estampes. *Paris, Ve Duchesne*, 1784; 4 vol. in-8; dos et coins mar. du Levant, rouge, dos orné, tr. peigne. *Une des fig., plus large que les autres, a été atteinte.*

Les planches, gravées en taille-douce sur les dessins de Binet, sont en superbes épreuves.

88. Tableaux de la Vie, ou les Mœurs du xviiie siècle, par Rétif de la Bretonne. *A Neuwied sur le Rhin*, s. d.; 2 vol. in-12, d.-rel. Très-jolies fig. en costumes Louis XVI.

. 89. Paul et Virginie, par Bernardin de Saint-Pierre. *Paris, Curmer*, 1838; 1 vol. gr. in-8°, mar. bl., fil., compart. d. s. tr. *Portrait et fig. sur bois et en taille-douce. Le papier a quelques taches de rousseur. Première édition.*

90. Chateaubriand. Atala, avec les dessins de Gustave Doré. *Paris, Hachette*, 1863; 1 vol. in-fol., d.-mar. du Levant, r., n. rog.

91. Cicéron. Les Epistres familiaires de Marc Tulle Cicero, père d'éloquence latine, nouvellement traduictes de latin en françoys. *Lyon, Jehan et Fr. Frellon*, 1543; 1 vol. in-16, maroq. bleu, d. s. tr. (*Niédrée*).

Bel exempl. Le titre a été parfaitement refait à la plume.

92. Cest ychi le temple de Bocace, miroir pour tous grans de la terre, auquel la royne dangleterre sest venue plaindre et plorant face. 1 vol. in-4, relié à l'imitation des reliures anciennes.

Manuscrit sur papier orné d'une grande miniature peinte à l'aquarelle. Copie fac-simile d'un manuscrit du xve siècle.

93. Histoire des seigneurs de Gavres, roman du xve siècle, publié par Van Dale. *Bruxelles*, s. d.; 1 fort vol. gr. in-4, d.-rel. cuir de Russie.

Volume publié à l'imitation des manuscrits du moyen âge et orné de figures en couleurs. Il a été tiré à très-petit nombre.

94. Ciceronis (M. Tullii) opera, recensuit J. N. Lallemand.

Parisiis, Barbou, 1768; 14 vol. in-8, maroq. rouge, fil., d. s. tr. *Portrait.*

95. Recueil de pièces galantes tant en prose qu'en vers. *Cologne, Pierre du Marteau*, 1684-85; *à la sphère* (elzév.) 2 vol. en 1, maroq. du Levant, bleu, fil. d. s. tr.

96. Scarron. Les Œuvres de monsieur Scarron. *Suivant la copie imprimée à Paris*, 1668, *au quaerendo* (Hollande Elzevier). 2 vol. petit in-12, maroq. du Levant rouge, dentelle, reliure janséniste.

97. Rousseau. Œuvres complètes avec des notes historiques. *Paris, Houssiaux*, 1852; 4 vol. gr. in-8, d.-rel. chag. vert, plats en toile d. s. tr. 25 *gr. en taille-douce.*

98. Marmontel. Œuvres complètes de Marmontel. *Paris, Verdière*, 1818; 20 vol. in-8, d.-rel. v. bleu (*Ottman*). *Port. et fig.*

Bel exempl. en papier vélin. Les 38 figures de Desenne sont avant la lettre.

99. Vuillemin. La France et ses colonies, atlas illustré, 100 cartes dressées d'après les cartes de Cassini, du dépôt de la guerre, etc., par Vuillemin. *Paris*, 1850; 1 vol. in-4 oblong, d.-rel. chag. vert.

100. Charlevoix. Histoire et description générale de la Nouvelle France, avec le journal historique d'un voyage fait dans l'Amérique septentrionale. *Paris, Nyon*, 1744; 6 vol. in-12, veau marbré. *Cartes.*

101. Voyage pittoresque de Constantinople et des rives du Bosphore, d'après les dessins de Melling. *Paris, Treuttel et Wurtz*, 1819; 2 vol. grand in-fol., d.-rel. chag. rouge. *Portrait et 50 pl. en taille-douce.*

Magnifique ouvrage publié au prix de 2,000 fr. Les planches sont avant la lettre

102. Henri Estienne. L'Introduction av traité de la conformité des merveilles anciennes avec les modernes, ov traité préparatif à l'apologie pour Hérodote (par Henri Estienne), *l'an M.D.LXVI au mois de nouembre.* 1 vol.

in-8, veau fil. Quelques taches de rousseur dans le papier.

Édition originale de 16 feuillets et 572 pages, la seule des anciennes éditions qui soit complète (Voir Brunet).

103. Bossuet. Discours sur l'histoire universelle. *Paris, Curmer, s. d.;* 2 vol. très-grand in-8, d.-rel. chag. bleu du Levant, non rognés.

Un des rares exemplaires qui contiennent la Vierge aux anges d'après Murillo, qui est presque toujours remplacée par celle de Steinle.

104. Cæsaris commentarii. Hoc volumine continentvr hæc. Commentarii de bello gallico, de bello civili, Pompeiano, etc. *Venetiis, in aedibus Aldi et Andrae socieri,* 1519; 1 vol. in-8, maroq. du Levant vert, dent., d. s. tr. (rel. de Niédrée). *Grandes marges, mais le dernier feuillet est un peu plus court et a un petit trou de ver.*

105. De Guignes. Histoire générale des Huns, des Turcs, des Mogols et autres Tartares occidentaux. *Paris*, 1756-1758; 5 vol. in-4, veau. — Supplément à l'Histoire générale des Huns, etc., par M. Joseph Senkowski. *Saint-Petersbourg*, 1824; 1 vol. in-4, d.-rel.

Ouvrage rare aussi complet.

106. Fauriel. Histoire de la Gaule méridionale sous la domination des conquérants germains. *Paris, Paulin,* 1836; 4 vol. in-8, d.-rel. mout. vert.

107. L'Europe illustre, contenant l'histoire abrégée des souverains, des princes, des prélats, des ministres, des grands capitaines, des magistrats, des savants, des artistes et des dames célèbres en Europe, depuis le xve siècle jusqu'à présent, par Dreux du Radier; ouvrage enrichi de portraits gravés par les soins du sieur Odieuvre. *Paris, Nyon l'aîné*, 1777; 6 vol. gr. in-8, veau écaille, fil. *Bel ex.*

Les portraits, au nombre d'environ 600, sont en bonnes épreuves.

108. Mémoires de Sully, principal ministre de Henri-le-Grand. *Paris, Bastien*, 1788; 6 vol. in-8 maroq. citron, fil. d. s. tr. 2 *portraits.*

109. **Apologie** povr Iehan Chastel parisien, execvté à mort, et pour les pères et eschollіers de la société de Iesvs, bannis du royaume de France, contre l'arrest de Parlement donné contre eux à Paris le 29 décembre 1594, par François de Vérone, Constantin (Jean Boucher). *S. l.*, 1595; 1 vol. petit in-8; veau rac. *Bel exempl. de ce livre rare.*

110. **Thiers.** Histoire de la Révolution française. *Paris, Lecointe*, 1828; 2e édition, contenant des passages supprimés. 10 vol. in-8, dos et coins maroq. du Levant rouge, têtes dorées non rognées.

Il y a quelques raccommodages,

111. **Thiers.** Histoire du Consulat et de l'Empire, par A. Thiers. *Paris, Paulin*, 1851-60; 8 vol. gr. in-8 br. *Portraits et figures, et atlas de 51 cartes.*

112. **Corrozet.** *Les Antiqvitez*, cronicques et singularitez de Paris, ville capitale du royaume de France, par Gilles Corrozet, parisien, et depuis augmentées par N. B. (Nic. Bonfons), parisien. *Paris, Nic. Bonfons*, 1586. — Les Antiquitez et Singularitez de Paris, livre second ; de la sépulture des roys et roynes de France, princes, princesses et autres personnes illustres : representez par figures ainsi qu'ils se voyent encore a présent es églises où ils sont inhumés, recueillis, par Jean Rabel, M. Paintre. *Paris, N. Bonfons*, 1588; 2 part. en 1 vol. in-8, maroq. du Levant, rouge, coins et milieu dorés. *Figures sur bois.*

Le haut de la marge des 8 premiers feuillets raccommodé.

113. **Les Antiquitez** et choses plvs remarqvables de Paris, recueillies par Pierre Bonfons et augmentées par frère Jacques du Breul. *Paris, N. Bonfons*, 1608; 1 vol. in-8, dos et coins maroq. du Levant, vert, poli. *Figures sur bois, le titre très bien refait à la plume.*

114. **Etrennes** françoises dédiées à la ville de Paris pour l'année jubilaire du règne de Louis le Bien-Aimé, par l'abbé Petity. *Paris, Simon*, 1766; 1 vol. in-4, maroq.

rouge, filets, aux armes de France. *Très-jolies figures de Saint-Aubin.*

115. Versailles ancien et moderne, par *A.* de Laborde. *Paris*, 1839; 1 vol. gr. in-8, d.-rel. chag. vert, non rog. *Fig. sur bois et eaux-fortes de Raffet.*

116. AUVERGNE. C'est le terrier et recognoissance des cens et rentrées faictes a noble homme Gabriel de Montal, dict de Noziès, seigneur dudict lieu, de Jussac, baron de Malamort, co seigneur de Brive et de Motcou, par ces paysans et subjects receues par mtre Anthoine Tribuot, ntre royal, come sensuit. A esté commencé le present terrier le 26e iour du mois de décembre 1560; 1 vol. très-grand in-fol., reliure fatiguée; la marge de quelques feuillets un peu rongée.

Manuscrit de 217 feuillets sur parchemin; il est orné de nombreuses *capitales grotesques* dessinées à la plume. Ce manuscrit est fort précieux pour les renseignements qu'il donne sur les fiefs existant à l'époque dans l'ancienne province d'Auvergne, principalement dans les environs d'Aurillac.

117. LE BLASON DES COULEURS en armes, livrées et devises. Ensemble la manière de blasonner les dictes couleurs. *On les vend à Paris en la rue neufve Nostre-Dame à l'enseigne Sainct Nicolas.* Petit in-8 de 4 et 52 feuillets chiffrés, le dernier coté par erreur 53. — LE BLASON DES ARMES. Avec les armes des princes et seigneurs de France. Et des dix-sept Royaulmes. *Ils se vendent à Paris en la rue Nostre-Dame, à l'enseigne Saint Nicolas.* (A la fin, la marque de Pierre Sergent). 1 vol. petit in-8 de 28 feuillets non chiffrés, signatures A.-G. Ensemble 2 ouvr. en 1 vol. petit in-8, bas. *Imprimés en gothique.*

Volumes très-rares et les premiers dans lesquels on rencontre des blasons *coloriés.* Quelques feuillets fatigués.

118. MÉNESTRIER. Nouvelle méthode raisonnée du blason, ou de l'art héraldique. *Lyon*, 1770; 1 vol. in-8, dos et coins, maroq. du Levant, rouge, tête dorée. *Ex. non rog. 50 pl. de blasons.*

119. **Album des Pavillons**, guidons, flammes de toutes les puissances maritimes, avec texte, par A. Le Gras, capit. de frégate. *Paris*, 1858; 1 vol. in-4, br. 66 *pl. en or et couleur*.

120. **Leblanc.** Traité historique des monnaies de France depuis le commencement de la monarchie jusques à présent. 1 vol. in-4, veau. *S. l. n. d.*, grande quantité de planches de monnaies.

121. Médailles sur les principaux événements du règne de Louis le Grand, avec des explications historiques. *Paris, Imp. roy.*, 1702; 1 vol. grand in-fol. veau. (*Armoiries royales effacées sur les plats de la reliure.*)

Chaque feuillet est entouré d'une charmante bordure dessinée par Berain. Chaque médaille, face et revers, est parfaitement gravée en taille-douce.

122. Médailles du règne de Louis XV (par Fleurimont). 1 vol. petit in-fol., cart. *78 planches gravées en taille-douce.*

123. **Bonneville.** Traité des monnaies d'or et d'argent qui circulent chez les différents peuples; examinées sous les rapports du poids, du titre et de la valeur réelle, avec leurs diverses empreintes, par P. F. Bonneville. *Paris*, 1806; 1 vol. in-fol., d.-rel. vélin, *non rogné*.

178 pl. de monnaies. Le supplément s'y trouve.

124. **Moréri.** Le Grand Dictionnaire historique, ou le Mélange curieux de l'histoire sacrée et profane, par Moréri. (continué par l'abbé Goujet). *Paris*, 1759; 10 vol. in-fol., veau marbré. *Portrait*.

125. **Perrault.** Les Hommes illustres qui ont paru en France pendant ce siècle. Avec leurs portraits au naturel. *Paris, Dezallier*, 1696; 2 vol. in-fol. veau. *Beaux portraits par Edelinck*.

126. **Viollet-Leduc.** Catalogue des livres composant la bibliothèque poétique de M. Viollet-Leduc; pour servir à l'histoire de la poésie en France. *Paris, Hachette*, 1843;

1 vol. in-8, maroq. du Levant, larges filets, d. s. tr., reliure d'Andrieux.

Exempl. en grand papier vélin fort.

127. Catalogue de la Bibliothèque dramatique de M. de Soleinne, rédigé par P.-L. Jacob, bibliophile. *Paris*, 1843. — Catalogue de la Bibliothèque de Pont de Vesle et les tables rédigées par M. Goizet. 11 parties en 5 vol. in-8, dos et coins en chagrin du Levant, rouge, tête dorée, non rogné.

Renou et Maulde, imprimeurs de la Compagnie des Commissaires-Priseurs, rue de Rivoli, 144 21328

www.ingramcontent.com/pod-product-compliance
Ingram Content Group UK Ltd.
Pitfield, Milton Keynes, MK11 3LW, UK
UKHW020227180726
13838UKWH00005B/2235